Dieses Buch ist allen Lehrern gewidmet, die mit ihrer Erziehung und Ausbildung der Kinder dazu beitragen, dass das Analphabetentum abnimmt und dass die jungen Menschen lernen, mit einem kritischen Verstand ins Leben zu gehen.

Dieses Buch ist auch meiner Frau Marlene gewidmet als Dank für ihre kritischen und klugen Ratschläge, die mich in meinem Leben begleitet und mir stets eine gute Ratgeberin ist.

Bonn, im Juni 2021

Michael Ghanem

Die Gedanken sind frei

Danke Herr

Lehrer!

Und

leben Sie wohl

© 2021 Michael Ghanem

Verlag und Druck: tredition GmbH, Halenreie 40-44, 22359 Hamburg

ISBN

978-3-347-34498-3 (Paperback)
978-3-347-34499-0 (Hardcover)
978-3-347-34500-3 (e-Book)

*Über den Autor: **Michael Ghanem***
https://michael-ghanem.de/
https://die-gedanken-sind-frei.org/

*Jahrgang 1949, Studium zum Wirtschaftsingeni-
eur, Studium der Volkswirtschaft, Soziologie, Poli-
tikwissenschaft, Philosophie und Ethik, arbeitete
viele Jahre bei einer internationalen Organisation,
davon fünf Jahre weltweit in Wasserprojekten, so-
wie einer europäischen Organisation und in mehreren internationalen Beratungsunternehmen.*

Bonn, im Juni 2021

Er ist Autor von mehreren Werken, u.a.

*„Ich denke oft…. an die Rue du Docteur Gustave
Rioblanc – Versunkene Insel der Toleranz"*
„Ansätze zu einer Antifragilitäts-Ökonomie"

„Im Würgegriff von Rassismus, Antisemitismus, Islamophobie, Rechtsradikalismus, Faschismus, Teil 1"
„Im Würgegriff der politischen Parteien, Teil 1"
„Die Macht des Wortes"
"Im Würgegriff des Finanzsektors, Teil 1"
"Im Würgegriff von Migration und Integration"
„Herr vergib ihnen nicht! Denn sie wissen was sie tun!"
„Verfallssymptome Deutschlands – Müssen wir uns das gefallen lassen?"
„Deutsche Identität und Heimat – Quo vadis?
„I know we can! Eine Chance für Deutschland"
„Im Würgegriff der Staatsverschuldung, Teil 1 und Teil 2"
„50 Jahre Leben in Deutschland – Ein Irrtum? Ein Schicksal"
„Eine Straße ohne Seele"
„Ist Deutschland auf Sand gebaut?"
„Leonidas der Große – Ich bin ein Mensch"
„Vier Millionen entrechtete Deutsche"
„Der Teich des Teufels – ein Märchen"
„Die heutigen Reiter der Apokalypse"
„Die Deutschen – ein verfluchtes Volk?
„Krisen in Zeiten von Corona, Teil 1"
„Thesen zur Gleichheit der Rassen"
„Die Sage vom Haus am See"
„2005 – 2021 Deutschlands verlorene 16 Jahre – Die Bilanz der Angela Merkel"
„Corona 2021 – Warten auf Godot"
„Wenn ich einmal der Herrgott wär"
„Liebe heißt"
"Die Zeit -eine verkannte Weltmacht" Band 1 der Reihe Mensch & Gesellschaft"
„Weltmacht Wasser - Teil 1: Überblick und Bilanz 2021"
„Nur Mut – Steh auf"

Vorwort

Die Kinder tanzten eine Farandole. Die Farandole ist ein provenzalischer Volkstanz in schnellem Sechs-Achteltakt, bei dem ein offener Reigen, der von einem Tänzer angeführt wird, verschiedene Figuren tanzt. Dieser Tanz ist sehr oft eine Ehrerbietung für ehrwürdige Mitglieder der Gesellschaft.

Dies wurde heute für den alten Lehrer aufgeführt, der sehr bewegt war. Denn morgen würde er seine geliebte Schule verlassen.

Auf die Plattform vor der Tafel würde er nicht mehr steigen.

Auf der großen Wandtafel stand mit Kreide geschrieben:

„Danke Herr Lehrer! Und leben Sie wohl! Wir werden Sie nie vergessen. Tief in unsere Herzen haben wir diese Worte geschrieben. Der kleine Blumenstrauß zeigt Ihnen, wie tief wir Sie in unser Herz geschlossen haben."

Eine Träne fiel auf seine Wange und er setzte sich allein in dieses kleine Klassenzimmer, in dem er so viele Schulkinder hat kommen und gehen sehen und die ihren Weg gemacht haben. Diese Kinder, die er so liebte.

Die Zeugnisse wurden an die Schüler verteilt, alle Reden waren vorbei und die Klasse leerte sich.

Ein letztes Mal sangen die Schüler: „Danke Herr Lehrer und leben Sie wohl! Wir werden Sie nie vergessen."

Dieses Ereignis fand tatsächlich in der Kindheit des Autors statt.

Die Bildung, die er genossen hat, hat ihm in mancher Situation seines Lebens sehr geholfen.

Daher soll dieses kleine Büchlein den Dank für alle Lehrer ausdrücken, die ihn zu seiner Persönlichkeit geformt haben.

Danke Herr Lehrer und leben Sie wohl!

Ich werde Sie nie vergessen

Danke dafür, dass Sie mich an meinem ersten Schultag, als ich Angst hatte, in den Arm genommen und väterlich beruhigt haben.

Danke Herr Lehrer und leben Sie wohl!

Ich werde Sie nie vergessen

Danke dafür, dass Sie sich sehr viel Mühe gemacht haben, als ich auf einer kleinen Schiefertafel die ersten Buchstaben des Alphabets gekritzelt habe und dass Sie mir mit einem wohlwollenden Lächeln Mut gemacht haben.

Danke Herr Lehrer und leben Sie wohl!

Ich werde Sie nie vergessen

Danke dafür, dass Sie mir die Angst genommen haben, an die große Tafel zu gehen und frei zu reden.

Danke Herr Lehrer und leben Sie wohl!

Ich werde Sie nie vergessen

Danke für Ihre Geduld, mir langsam zu erklären was eine Addition und was eine Subtraktion ist.

Danke Herr Lehrer und leben Sie wohl!

Ich werde Sie nie vergessen

Danke dafür, dass Sie mir mit sehr viel Zeitaufwand beigebracht haben, wie ich mit Feder und Tinte die ersten Buchstaben richtig und in einer geraden Linie aufs Papier bringen konnte.

Danke Herr Lehrer und leben Sie wohl!

Ich werde Sie nie vergessen

Danke dafür, dass Sie mir jeden Morgen eine gewisse Disziplin während der Stunden beigebracht haben, damit meine Kameraden auch dem Stoff folgen konnten.

Danke Herr Lehrer und leben Sie wohl!

Ich werde Sie nie vergessen

Danke dafür, dass Sie mir durch ihre Erklärung der 10 Gebote beigebracht haben, was für das Zusammenleben wesentlich ist.

Danke Herr Lehrer und leben Sie wohl!

Ich werde Sie nie vergessen

Danke dafür, dass Sie sich die größte Mühe gemacht haben und ohne auf die Zeit zu achten mir auch nach der Lehrstunde schwierige Zusammenhänge zu erklären.

Danke Herr Lehrer und leben Sie wohl!

Ich werde Sie nie vergessen

Danke dafür, dass Sie mir mit größter Sorgfalt erklärt haben, was die wichtigen sozialen Verhaltensweisen sind und dass Sie mich zurechtgewiesen haben, wenn ich diese nicht beachtet habe.

Danke Herr Lehrer und leben Sie wohl!

Ich werde Sie nie vergessen

Danke dafür, dass Sie immer darauf geachtet haben, dass ich alle Fragen stellen konnte und durfte - ohne Denkverbote.

Danke Herr Lehrer und leben Sie wohl!

Ich werde Sie nie vergessen

Danke dafür, dass Sie mir und meinen Mitschülern in den Nächten und vor allem in den Sommernächten die Sterne erklärt haben.

Danke Herr Lehrer und leben Sie wohl!

Ich werde Sie nie vergessen

Danke dafür, dass Sie mir und meinen Mitschülern Märchen und Mythologien vorgelesen und die darin verborgenen moralischen und ethischen Grundsätze erklärt haben.

Danke Herr Lehrer und leben Sie wohl!

Ich werde Sie nie vergessen

Danke dafür, dass Sie uns in den Geschichtsstunden immer die Zusammenhänge erklärt und nicht darauf bestanden haben, dass wir alles auswendig lernen, sondern vor allem auch die Zusammenhänge und das Fehlverhalten der Beteiligten zu erkennen.

Danke Herr Lehrer und leben Sie wohl!

Ich werde Sie nie vergessen

Danke dafür, dass Sie sich größte Mühe gemacht haben, die mathematischen Zusammenhänge auf das Leben zu übertragen, um uns beizubringen, dass Mathematik und Geometrie ein Teil des normalen Lebens sind.

Danke Herr Lehrer und leben Sie wohl!

Ich werde Sie nie vergessen

Danke dafür, dass Sie uns Kindern beigebracht haben, dass jede Entscheidung mit Risiko verbunden ist und dass Risiko ein Teil des Lebens ist und man das Risiko zu tragen hat - ohne zu jammern.

Danke Herr Lehrer und leben Sie wohl!

Ich werde Sie nie vergessen

Danke dafür, dass Sie uns Kindern beigebracht haben, dass jede Sache auf dieser Erde einen Preis hat und dass der Preis zu zahlen ist.

Danke Herr Lehrer und leben Sie wohl!

Ich werde Sie nie vergessen

Danke dafür, dass Sie uns Kindern beigebracht haben, dass jede Sache Ursachen, Wirkungen und Konsequenzen hat und dass Vorkommnisse im Leben nie eine einzige Ursache, sondern ein Bündel von Ursachen haben und damit ein Bündel von Wirkungen und ein Bündel von Konsequenzen.

Danke Herr Lehrer und leben Sie wohl!

Ich werde Sie nie vergessen

Danke dafür, dass Sie uns erklärt haben, dass ein Ärgernis, ein Vorkommnis oder eine Entscheidung immer unterschiedliche Ursachen und Gründe haben, die miteinander vernetzt sind. Und dass Sie damit bei uns die Grundlage des Vernetzten Denkens gelegt haben.

Danke Herr Lehrer und leben Sie wohl!

Ich werde Sie nie vergessen

Danke dafür, dass Sie uns beigebracht haben, dass sehr oft als sicher geglaubte Erkenntnisse lediglich Scheinerkenntnisse sind und dass man stets die Erkenntnisse infrage stellen sollte und manchmal auch sich selbst.

Danke Herr Lehrer und leben Sie wohl!

Ich werde Sie nie vergessen

Danke dafür, dass Sie uns beigebracht haben, dass sich die Welt nicht um uns dreht, sondern dass wir selbst ein Teil dieser Welt sind und dass daher das eigene Ich zu relativieren ist.

Danke Herr Lehrer und leben Sie wohl!

Ich werde Sie nie vergessen

Danke dafür, dass Sie uns beigebracht haben, dass vernetztes Denken ein wesentlicher Teil des Denkens ist und dass die Ratio des Menschen stets in Einklang mit seinen Gefühlen zu bringen ist.

Danke Herr Lehrer und leben Sie wohl!

Ich werde Sie nie vergessen

Dank dafür, dass Sie uns beigebracht haben, dass Fairness ein wesentlicher Teil unseres Handelns sein muss.

Danke Herr Lehrer und leben Sie wohl!

Ich werde Sie nie vergessen

Danke dafür, dass Sie uns mit all ihrer Mühe beigebracht haben, dass man sich gegenüber Dritten so zu verhalten hat, wie man das von anderen sich selbst gegenüber erwartet.

Danke Herr Lehrer und leben Sie wohl!

Ich werde Sie nie vergessen

Danke dafür, dass Sie aus uns halbwegs zivilisierte Menschen gemacht haben.

Epilog

Mein ausdrücklicher Dank gilt vor allem meinen Lehrern und Professoren aus dem Lycée Stephen Pichon, dem Lycée Louis le Grand, der Ecole Nationale Superieure des Arts et Metiers, der Universität zu Köln, der Universität Frankfurt a.M.

Mein ausdrücklicher Dank gilt vor allem meinen Lehrern und Professoren im Lycée Stephen Pichon, Lycée Louis le Grand, Ecole Nationale Superieure des

Arts et Metiers, der Universität zu Köln, der Universität Frankfurt.

Mein besonderer Dank gilt folgenden Lehrern:

- Monsieur Galmiche

- Monsieur Paquot

- Monsieur Rivoire

- Madame Anastasia Manstein-Chirinsky

- Monsieur Luc Jamati

- Prof. Dr. Lemaire

- Prof. Dr. Wessels

- Prof. Dr. Rolf Rettig

- *Prof. Dr. Schmölders*

- *Prof. Dr. H-K. Schneider*

- *Prof. Dr. Hansmeyer*

- *Prof. Dr. Mackscheidt*

- *Prof. Dr. Grochla*

- *Prof. Dr. Schmidt*

- *Privat Dozent Dr. Karl Kayser*

- *Prof. Dr. Christian Watrin*

- *Prof. Dr. Rene König*

- *Prof. Dr. Erwin Scheuch*

- *Prof. Dr. Jürgen Habermas*

Zeitfracht Medien GmbH
Ferdinand-Jühlke-Straße 7
99095 Erfurt, Deutschland
produktsicherheit@kolibri360.de